KB237386

나무 차전거

김덕천 시집

청어

나무 자전거

김덕천 지음

발행처 · 도서출판 청어
발행인 · 이영철
기 획 · 손영국 | 이동호
영 업 · 이진수
편 집 · 설근영
디자인 · 오주연

등 록 · 1999년 5월 3일(제22-1541호)

1판 1쇄 인쇄 · 2006년 9월 20일
1판 1쇄 발행 · 2006년 9월 30일

주소 · 서울시 서초구 서초동 1588-1 신성빌딩 A동 412호
대표전화 · 586-0477
팩시밀리 · 586-0478

E-mail · ppi20@hanmail.net
ISBN · 89-89232-93-7 (03810)

나무 자전거

첫 시집을 내면서

하얀 딸기꽃 한 잎이 떠 있던
뒤란 장독대 위의 고운 햇살은
행여
엊그제 내린 빗소리에
떠내려가지나 않았을까
마음 조바심하면서
장독대로 향하는 발걸음은
흰 구름과 술래잡기하듯이
조심스레 옮기고 나면
대나무 숲에서 떨어져 나오는
소리가 정적을 가른다.
대나무가 곧게 자라는 것은
뿌리가 튼튼하게 버티고 있고
그 뿌리는 도저히 이해하기 어려우리만큼
구부러지고 얽혀있고 뽑으려 해도
도저히 뽑히지 않을 만큼 단단히
자리를 잡고 있기 때문이다.

시가 좋다.
난무하게 떠도는 글 중에서도
곱게 정리된 시가 좋다.

외국어에 밀리고
은어, 속어 속에서
자꾸만 우리말이 흙탕물에 빠져서
잘 보이지 않지만
늦기 전에 맑은 시냇물이 흘러가는
산천이 되기를 고대하면서
오늘도 하나의 글자를 적어 본다.
작문 농사를 지으면서
맑은 물이 흐르기를 바라면서
첫 시집을 엮었다.

— 저문 바다에서 파도를 보며 김덕천

c·o·n·t·e·n·t·s

1 개울가 내 발자국

2 밤바다

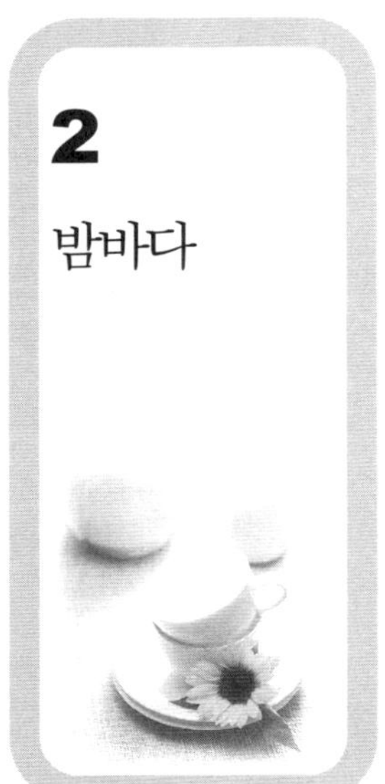

나무 자전거 • • • • • •

1
개울가 내 발자국

내 발이
내 발이 자꾸만
물속에서 맴을 돌고
발가락 사이로는
거친 발바닥이 울고 있다

나무 자전거

개울가 내 발자국

밤사이 비가 내려
댓돌 위의 고무신이 침범을 당했다.
검정고무신에 빗물이 한가득 고여 있고
추녀 끝에서 떨어진 낙수는
어제의 내 발자국을
상표도 명확하게 찍힌 발자국을
개울가로 데리고 나가서
바위틈 어느 곳에 숨겨 놓았는지
내 발이
내 발이 자꾸만
물속에서 맴을 돌고
발가락 사이로는
거친 발바닥이 울고 있다.

부뚜막엔 어제 빨아놓은 운동화가
두 팔을 늘어뜨리고 곤히 자고 있다.

길

하늘이 낮게 내려앉은
어두운 신작로에
낯익은 발걸음이 걸어오고 있네요.
어이하여 이제야 오시는가요?
십수 년을 걸어 다니고
십수 년 밥을 먹고 나섰던 길.

진창길이 되었던 칠월의 장마에
얼룩진 바짓단 걷어 올리고
빗물인지
눈물인지
쓰린 가슴 부여잡던 길.
공부는 못 해도
열심히 발자국을 남겼던 길.

내 발자국 위에
다른 발자국이 찍히면
나 또다시
그 위에 흔적을 남기던
길고도 험난한 길.

낙엽이 뒹구는

시월의 풍요한 길에는
오래 전
기억에도 없는 아버지를 부르며
돌부리 걷어차며
눈물 쏟던 길.

동짓달 하얗게 펼쳐진 길 위에
누가 먼저 흔적 남길까 봐
밤잠을 설쳐가면서
마중하던 길에
이젠 까맣게 글자를 심어가면서
걸어가고 있네요.

죽마고우

어릴 적 두 손에 검정고무신 들고
뛰어다니던 정겨운 고향
잠자리 쫓아 하늘만 쳐다보며
개울가에선
송사리 꼬리만 따라다니던 그곳에서
버드나무 피리 만들어 불며 지내던 친구여
모두 다 어디에 있는지.

찌든 세월로
그때의 시간으로 되돌릴 수는 없지만
탁 트인 백사장에서
시원한 막걸리 한잔 나누자꾸나.

머리에는
서리가 내려 희끗희끗하지만
고향의 향수는 아직도 우리를 기억하네.
고향의 바다냄새 모두 그대로이고
풀 냄새, 흙냄새
바람소리, 물소리, 새소리,
모두 그대로인데
변한 건 우리들의 모습.
고향은 언제나

변함없이 우리를 반기는데
우리는 변한 모습으로 지내고 있구나.

하늘이 무척 깨끗하네.
매미가 시원하게 우는구려.

장수동 자취방

시내에서 뚝 떨어진 외진 곳
털털거리는 시골길을
버스 종점에 내려서도 한참을 가야만 하는 곳.

혈기왕성한 이십대 초반
가로등도 없는 어두운 길
가끔 구름 위에서 비추는 달빛에 의존한 채
집으로 향하는 길이 무서웠다.
하지만
내 집은 아니다.
약간의 돈을 내고 문간방 하나를 빌려
밥을 지어먹고 잠을 자는 곳.

마을 입구에 들어서면
소, 돼지 분뇨 냄새가 코를 찌르고
집에서는 어두운 방을 무단 침입하여
아예
집주인 아니
방주인으로 잠을 자고 녀석들
어느 녀석은 그 와중에도 사랑을 나누고 있으니
난 이들과 생명을 담보로 한바탕 전쟁을 치러야 한다.

어두운 작은 부엌 한쪽
석유풍로 위에는
주인아주머니가 준 김치찌개가
보글보글
맛있게 끓고 있다.

군불을 지피며

커다란 아궁이 앞에 작은 아이
얼굴에 까만 검댕이를 그린 채
쪼그리고 앉아있다.
따닥따닥 청아한 음률까지 조율하면서
빨갛게 타고 있는 장작개비 열정
세상을 두려워하지 않는
아궁이만 바라보고 있다.

내 사랑이 불타고 있다.
달콤함을 잊지 못하는 주전부리에
나의 영혼도 장작더미에 휩쓸려
아궁이 속으로 빨려 들어가
빨갛게 타오르고 있다.

장작개비의 살타는 향기
긴긴 구들장에 머물다
까만 굴뚝 사이로
하얀 향기로 피어날 때면
아궁이 속 고구마는
뽀얀 속살을 드러낸다.

장박새 한 마리가 날아와 앉는다.

산에 오르니 산이 없다

산이 그곳에 있기에 산에 오르니 산이 없다.
꼬불꼬불 흙길 바윗길 오솔길을 걸어
산 개울에서 목마름을 달래고
잠시 넙덕바위에 앉아 먼 하늘을 바라보니
뽀얀 안개만이 자욱하니 눈앞에 장님이 된다.

파란 솔가지 사이를 휘저으며 먹이를 찾는 박새는
오늘도 떨어진 솔방울을 찾는가 보다.
학이 되어서 날아가고픈 마음에
두 팔 펼쳐 보지만 싸늘한 이별을
더욱 외롭게 만든다.

식은땀 감싸며 오르니 산이 없다
발아래 있는 건 마르디 마른 흙뿐
정작 그 높은 산은 보이지 않는다.
오르고 나면 하찮게 여기니 떠나가는가 보다.

허탈함에 주저앉아 뒤돌아보니
하얀 눈물방울만 내 뒤를 따라왔다.
사랑이 그곳에 있기에 사랑을 찾아왔는데
사랑은 그 어디에도 없다.

섬강

영동 고속도로 여주를 끼고
돌아오는 길목에 자리 잡은 강
넓은 마음을 품에 안고
무성한 갈대와 억새 사이로
마르지 않는 한강의 양식이 흐른다.

바위 모퉁이 끝자락에
물안개 가득히 피어오르고
강어귀에 서리꽃 감싸 안으면
이슬을 꿰는 풀잎이 운다.
기억 속에서 멀어져 간
그 옛날 장마 속에 삼켜버린 버스참사.
거친 물길 따라 흐르는 안개 토막이 잘려나가고
강화 앞 바닷가에까지 흘러갔던
어린 영혼의 절규가
하얀 모래 알갱이 속에 잠겨
물결이 일렁이고 있다.

강 건너 저쪽 솔잎 사이
때까치 서러운 눈물 쏟아내고
토막 난 구름 몸부림 속에
내리는 빗줄기 사이로

기억의 오리 한 움큼이
거꾸로 흘러가고 있다.

무심

햇빛 비치는
하얀 물가
반짝이는 광채를
온몸으로 받아
가슴에 한 아름 품으며
이른 봄바람의 물결을
맞이하고 있다.

수면 아래
깊이는 얼마나 될까?
흔들리는
갈대 속의 깊이를
길게 늘이고
기억된 허공을 향해
소리 없는 가슴을
날려본다.

하얀 물빛 아래로
유영하는 흰 구름을 잡으려
어릿한 노랑 병아리
어미 따라 줄지어
자맥질하면서

조그만 하늘 꿈을
내리잡고
갈잎에 집을 짓고 있다.

호수에 잠든 별

색 바랜 낙엽에 온몸을 맡기고
서리서리 흘러서 내리는 육신
실개천 여울 속 굉음 따라
피고름 씻기려고 하는가.

미련 없이 뛰어든 철없는 눈물 바람은
가파른 모래톱을 지나
긴긴 걸음을 예서 멈추고
깊은 수렁에서 기억의 한 조각을 꺼내어
회양목 나무에 매달아
봄 녘 양지바른 하얀 가슴팍
그대 품에 쓰러져 잠들려 한다.

깡마른 여름날
자맥질하던 나의 요람 위에
푸른 눈물방울의 깨달음이
홰치며 달려드는
겁 없는 검독수리 날갯소리에 묻혀
저 물밑 바닥 속에서
저승길 재촉하는 삶의 고뇌로
고요한 은 물빛으로 한 움큼 누워 있다.

굴 따는 아낙네

주름진 세월에 처녀 적 꿈을 깨우고
매섭고 외로운 심장 속을 파고 들어올세라
털목도리 두꺼운 옷 몇 겹에 털 장화를 신고
아직 어둠이 가시지 않은
비릿한 향수가 풍기는 모래 턱 옆 갯바위에
굴을 따는 아낙네.

바위에 붙은 하얀 지붕을 하나하나 걷어내어
건넛방 처녀의 뽀얀 속살 향기로
뽀얀 속살에 처녀의 눈썹을 채 감상하기도 전에
갯바람과 함께 바구니로 향해 날아간다.

한시름 돌릴까 갯바람에 입맞춤하며
바다 내음 깊게 배인 굴 한 알 입에 넣고서
십수 년 전 고기 잡으러 떠난 서방 보고픔에
뜨거운 눈물 한 움큼 쏟아내고
객지로 떠나 소식 없는 자식에
눈물 두 주먹 쏟아 붓고
뼛속 깊이 파도치는 외로움에 눈물 내린다.

갯바위에는 하얗게 집터만 남고
구멍 난 지붕은 파도에 나뒹굴고 있다.

어머니

하루의 아침 해가 떠오르는 걸 느끼는가요.
당신의 숨소리가 들리는가요.
아직은 일어날 힘이 남아 있나요.
일평생을 지아비 없이 홀로 보내신 당신
당신 곁에 있어야 할 소리는 점점 멀어져 가고
서러운 눈물만 볼을 타고 흐릅니다.

당신의 얼굴에 분칠을 하지 않을 겁니다.
당신의 눈물 자국을 그대로 남기렵니다.
뜨거운 피가 끝없이 흐르는데
추운 날은 멀어지고 따뜻한 날은 오는데
병실 한쪽에서는 바쁘게 움직이고 있네요.
그래도 아직은 당신의 그대로 모습을 보렵니다.
아파하면서도 몸부림칠 수 없는 몸뚱이
그저 눈으로 말하고 눈으로 들을지언정
당신이 곁에 있음에 든든합니다.
그래도 아직은 움직일 수 있음에 감사하면서
움직임을 믿고 숨소리를 듣고 있음에
나 또 다른 눈물을 흘리면서 발길을 옮깁니다.

내일 또 올게요.
내일도 당신의 숨소리를 들려주세요.

어머니의 강

외롭고 험한 길허리 꺾여
먼 산을 바라볼 수도 없어
병폐해진 오장육부 시커먼 앙금
회오리바람에 뿌리 채 뽑히고
햇살 속바람은 바윗덩어리 위로
핏발선 노을 자국만 남겨놓았네요.
이 세상 살아가면서
모든 것을 다 소유할 수는 없는데
적막한 밤 으악새 피어나는 울음소리에
행여 자식 팔 떨어질까
경직된 근육 토닥이면서도
언제나 따스했던 어머니.

깜빡이는 등잔불 사이로 어머니의 다듬이 소리
까칠해진 손끝 온기는 온데간데없고
원심력 잃은 조각 배
돛대 잃고 파도에 밀려가니
여운에 슬픈 눈물인가.
외로운 갈대 신음 들릴 즈음
모진 사랑의 뜨거운 이슬이 내린다.

모두 떠나는 자리

흐른다
얼었던 물이 어느새 녹아
아래로, 소리와 동행하여 흐른다.
가슴에 응어리졌던 아픔
사랑 가득했던 마음, 이제는
아련한 추억만 남기고 흐른다.

이젠 내 차례인가.
알 수 없는 순서를 기다리며
흔들리는 가지 아래에서 손가락만 꼼지락댄다.
알 수 없는 까만 글씨 널브러지게 써 놓고
하얀 종이배 만들어 띄어 보낸다.

간다
모두가 떠나간다
미련을 뒤로하고 앞을 다투어 간다.
발길에 차이는 사랑 따위는 염두에 두지 않는다.
그저 오늘 하루 지는 해에 눈만 깜빡이며
서쪽 하늘을 바라본다.

고왔던 임의 마음을 안고 떠나간다.
여름 내내 흘렸던 눈물

겨우 내내 품었던 포근한 손길
이제는 느낄 수 없는 곳으로
찾을 수 없는 머나먼 길을 떠나간다.

고통이 없는 곳으로
아픔이 없는 곳으로
사랑도 없다, 미움도 없다.
마지막 꽃가마에 의지한 채
한 줌의 흙 되어 앞 다투어 떠나간다.

배

푸른 하늘 아래
수평선 위로 흘러가는 돛단배
어디에서 무엇을 잡았는지
하늘 찌를 듯 돛을 올리고
외로운 노를 저으며
항구에 닿으니
고깃배를 기다리는
배고픈 배들이 즐비하게 기다리고 있네.
오늘 잡은 고기로는
항구에 서 있는 굶주린 배와
미식가들의 구미를 달래는 배를 채워야겠구려.

꿀맛 같은 주말에
배를 사러 시장에 들르니
안성 배가 좋단다
나주 배가 좋단다
고르다 지쳐 있는데
올챙이마냥 볼록 나온 내 배만
꼬르륵
배고파 소리치네.
이럴 줄 알았으면
어머니 뱃속에 그냥 있을 것을.

돌아오는 주말에는 쾌속선을 타고
고향에 가야겠네.
가서
어머니의 주름진 배에
얼굴 한번 묻어 보아야겠네.
세월에 주름진 어머니 배는
얼마나 많은
깊은 골이 생겼을까.

이준 열사의 할복한 배처럼
이순신 장군의 거북선처럼
유명한 배는 아니지만
내 고향
어머니 배가
제일 아름다운 배.

갈대의 눈물

곱고 아름답고 풍요한 시간은 흘러
거목의 낙엽은 내리고
흐르던 물줄기도 얼어있는
매서운 북서풍 한파의 중심
이제는 한 세월 지나 탈색되어
하나 둘 떨어질 날도 되었건만
한없이 깊은 인연으로 아직도
갈색머리를 휘날리고 있어요.

억새풀 고운 꽃송이도
떠나보내고
논두렁 곁에 서서
외로움과 고독을 간직한 채
매서운 눈보라 속에서 슬픔의 소리를 안고
갈대는 오늘도 울고 있어요.

자식에 대한 끝없는 사랑
이제는 세월이 흘러 수족조차
마음대로 움직일 수도 없고
마지막 소리가 꺾이는 순간까지도
갈대는 하얀 눈 속에서도
쉽게 눈 감지 못하는 사랑

자식사랑으로
오늘도 울고 있어요.

끈

곱게곱게 쌓아올린 그대 이슬방울
소리 없는 광선으로 얼기설기 엮어
무한한 하늘 공간을 예쁘게 수놓아요.

세월의 물줄기 무심히 흘러가지만
그대 눈동자 맑은 이슬은
무지갯빛 사랑으로 곱게곱게 엮어
환한 그대 미소에 비추어요.

하나 둘 쌓여가는 그리움 속에
마음 아파 내 가슴 파랗게 멍들어할 즈음
사진 속 그대 맑은 미소
살짝 꺼내어 봅니다.

버릴 수 없고
끊을 수 없는
사랑이라는
끈.

마지막 노을

마른 꽃잎 하나 떨어진 자리
당신마저 가 버리면
어느 누가
이 자리 메워 줄까요.

북풍한설에도 자식 목덜미 감싸며
뜨거운 눈물 감추시던 당신
무엇이 그리도 보고파서 잰걸음을 하셨나요.

북망산천 머다 더니 내 집 앞이 북망일세
휘몰이 선장의 만가는 구슬피 울고
상여꾼들의 향두가는 애달퍼
당신 보내는 이 가슴 매 발톱에 채여도
당신의 사랑 속에
눈물짓는 내 모습
마지막으로 보이렵니다.

내 앞에 놓인 또 다른 커다란 산봉우리
당신과 마주앉아 술잔 기울이며
사랑도 미움도 아픔도
저 노을에 띄워 보내렵니다.

동강 1

허공에 멈추어진 액자 속 낙엽처럼
가냘픈 마디에 세월을 누비어
소복이 단장한 맑은 솜이불
무심한 발길에 차이는 돌부리에
행여 그 사랑 흩날릴까
스산한 바람도 계곡에 숨을 고르고
붉은 노을 멀어질까
눈가에 맺힌 이슬마저 삼키고
소리 없는 따스함을 느끼며
흐르는 여울도 멈추어
하염없는 여정의 세월만이
그대를 살며시 감싸네.

동강 2

험한 준령을 넘어온 그대
찬 서리, 밤안개 맞아가며
여린 그대의 깊이 패인 상처
핥아 줄 수도 없는 안타까움
뼈아픈 영혼의 상처
수많은 사연을 간직한 채
물밑 그림자 길게 보태 우고
눈물 흘리며 지나온 세월
맑은 영혼의 내음이 그리운 듯
칠흑 어둠에 고요뿐인 절벽에서
야윈 어깨 눈물로 달래며
외로움과 함께 두 눈을 감았군요.

그대의 눈물방울에 행여라도
하얀 모래 알갱이 잠 깨울까 봐
남 몰래 흐르는 숨소리 애달퍼
바람소리마저 잠을 자네요.

동강 3

오늘은 고요하다
어제의 눈보라도 모두 잠을 잔다.
강 건너 저쪽 모퉁이 봄 향기 속에
날아서 오는 나의 작은 친구
언제나 사랑을 안고 온다.
물밑 아래에도 친구가 온다.
오늘도 사랑을 한 지게 풀어 놓고 가네.
어느덧 강어귀에는
아쉬운 여운을 부르는
하얀 불빛이 밤을 부른다.

2
밤바다

어느 임의 그리움을 그리려나
어느 임의 사랑으로 가슴을 채우려나
어느 임의 그림자를 밟으려나
어두운 바다 위를 걸어서 나온다

나무 자전거 ● ● ● ● ● ●

밤바다

터벅터벅
하얀 파도가 어둠 속에서 걸어 나온다
하얀 미소를 지으며 걸어 나온다.
인적 없는 바닷가로 걸어서 나온다.

어느 임의 그리움을 그리려나.
어느 임의 사랑으로 가슴을 채우려나.
어느 임의 그림자를 밟으려나.
어두운 바다 위를 걸어서 나온다.

철푸덕
하얀 파도가 넘어진다.
어느 임의 사랑에 걸려 넘어지는지
하얗게
입에 거품까지 물고 자꾸만 넘어진다.

하얗게 쏟아지는 모래밭 위로
쪼르르 달려가는 물강생이
허겁지겁
모래 속으로 파고드는데
하얀 파도
그리움만 지우고 돌아선다.
쏴아

---

* 물강생이 : 해변 가에 사는 물벼룩의 일종으로 동, 식물 등 썩은 동물의
　시체도 먹고 살아가는 잡식성 동물로 바다의 환경 지킴이이다.

조각난 문장

봄빛 쏟아지는 황량한 풀밭에
떨어져 흩어진 양식을 주워 담는다.
자음과 모음의 조각들

가끔은 풀숲에 숨어 있고
또 가끔은 이슬방울 위에 앉아있어
한참을 기다리기도 하지만

하나 둘 주워 가마니에 담아서
햇빛 내리는 따스한 마당 한구석에
둘둘 말린 멍석 펴 놓고
조각난 단어들을 짜 맞춘다.

어렸을 적 귀찮아 발로 걷어차
깨어져 흩어진 문장들이
긴 세월이 흘러
싹 틔우고
꽃을 피우고 하여
바람에 흔들리고 있다.

오래된 공책 하나를 주워
가마니 속에 채워 넣는다.

곱빼기로

그대와의 소중한 추억
하늘 끝 길게 드러누워도 모자라지만
바다 끝 수평선을 건너도 모자라지만
그대와 나의 마음속 깊이 새길 수 있게
고운 추억에 곱빼기로 아름답게 해주세요.

그대와의 경이로운 영혼
그대 마음보다, 나의 마음보다 깊어도
끝없이 순항하는 모세 혈관의 순수 혈흔처럼
그대와 나의 가슴에 따스함을
곱빼기로 포근하게 느낄 수 있게 해주세요.

그대와의 아름다운 사랑
밤하늘에 별빛 수보다 많고
새벽녘에 찾아온 안개 물방울 수보다 많지만
그대와 나의 깊고 푸른 옹달샘 마냥 솟아오르듯이
우리 사랑도 곱빼기로 사랑하게 해주세요.

그대와의 소중한 시간
저 들녘에 피어나는 향기보다 진하고
고요한 호숫가의 잔스레한 물결처럼 아름답지만
그대와 나의 귀한 시간이 곱빼기로 행복하여
언제나 함께 나눌 수 있게 해주세요.

하나의 눈으로

냇물이 흐르는 돌 틈 사이로
걸어가는 그림자
빗장을 열어젖힌 눈이
나를 바라보고 있다.

고운 미소로 얼굴을 두드리는 물살에
마음을 빼앗기고
한쪽 눈을 지그시 감아 준다.

굽이굽이 돌아가는 물줄기도
한쪽 눈을 감아주니
아름다운 미소를 남기며 곧게 흘러가니
허물도 잠시 가슴에 담아두고
아름다운 하나의 눈으로만 바라보라.

길을 가면서
필요치 않은 가장자리가 보이거든
허물이 보이는 한쪽 눈을 감아서
가슴에 담아두고서
고운 마음을 열어
하나의 눈으로만 보며 걸어서 가보라.

비록
반만 보여도 그 반은
그대가 가는 길에 등불로 밝게 비치리라.

모내기 1

모를 찧는다.
철렁철렁
뿌리에 붙은 흙을 떨치기 위해
모를 흔드니
원고지 위에 앉아있는 글자들이
비틀비틀 흔들리고
등 위에는 바지게가 휘청거린다.

못자리를 향해 모들이
휙휙
허공을 날아가고
단어 한 뭉치가 머릿속에서
제멋대로 돌아다닌다.

못줄에 맞추어
토막 난 글자를 심는다.
휑하였던 못자리에
생기가 돋아나고

어느새 따스한 물 한 자락에는
개구리가 먼저 산란을 했는가?
생각 없이 툭 튀어나온 받침 하나가
원고지 위에 올라 앉아있다.

모내기 2

이른 아침을 먹고
길을 나선다.
할아버지는 지게를 지고
황소는 멍에를 메고 따라간다.

나도
아침상을 미루고 길을 나선다.
글자 몇 됫박을 얻기 위해
자동차를 타고
백지 원고지와 연필을 갖고
길을 나선다.

발길에 돌멩이라도 채이면
못자리 물길을 돌리려고
논둑에 던져 놓고
개구리마냥 툭 튀어나온 단어들은
한쪽으로 미루어 놓는다.

거친 논바닥을
곱게 써레질한 못자리 위에
토막 난 단어들을 심어
하나 둘 짜 맞추어 지면서 자리를 잡는다.

낯선이에게서 아침을 맞는다

언제부터인가
쌓여만 가는 낙엽의 숨소리 사이로
바람의 향기를 안고
파릇한 계곡을 물빛으로 잘라내며
걸어서 나온다.

어여삐 맺힌 샛별의 눈물은
풀잎 끝에서 아침을 맞으니
풍류를 즐기는 능금빛 여류시인의 가슴도
숨어오는 샛바람에 흠뻑 취하여
낯선이에게서 아침을 맞는다.

밤새 거미가 쳐놓은 그물엔
별들의 눈물이 주렁주렁 맺히고
임의 움푹 패인 볼우물에 고여 있는 입술은
허기진 갈증을 태운다.

달콤한 꿈속에서 깨어난 능금빛 여류 시인은
해 바른 바위에 다소곳이 앉아
살포시 밀려오는 바람의 향기를 품에 안고
오늘도
낯선이에게서 아침을 맞는다.

가을걷이 1

탈곡기 돌아가는 소리가 요란하다.
마당 가장자리에 울타리를 치고
도리깨로 두들기면서
알갱이와 쭉정이를 골라낸다.

가을 따스한 햇볕에
추수한 작문을 곱게 펴고
가끔, 도시의 소식도 펴 널면서
얽히고설킨 작문을 나열한다.

오늘도 조각난 문장에 받침을 끼우고
맨발로 골고루 헤집어 주면서
원고지 위에서 추수를 한다.

가을걷이 2

도리깨가 춤을 추고
콩 다발이 마당에서
난데없는 매 벼락을 맞는다.
피하는 속어 은어들

타닥타닥
내려치는 매질 앞에
토도독
힘껏 디딤 발에 솟구쳐 오르지만
이내 바닥에 나뒹구는 토막들
휘갈겨 길게 쓰여 늘어진
정체 모를 껍데기
매 한대 더 맞는다.

내장이 터지고
외마디 비명 속에
알갱이가 빠져나온다.

은어
속어
알 수 없는 문장 속에
얽히고설커 갇혀 있던

우리의 양식

이제 우리는
우리 글자를 하나 둘 모아
가장 맛있는
우리만의 된장을 담아
원고지 위에 간직한다.

내가 버렸던 한글

소리글자 한 움큼 쥐려고
오늘도 거리를 활보한다.
골목마다 떨어져 나뒹구는
글자를 주섬주섬 주머니에 담는다.

뒷골목 유리창에 매달린 소리
오랫동안 울부짖었는지
온몸에 상처와 멍투성이다.

서까래에 매달린 낮달이 기우니
붉은 소리가 물결을 이루고
뜻도 알 수 없는 문장이
이웃집 대문을 점령하여 춤을 춘다.

고운 글자는 바닥에 떨어져
취객꾼에 의해 비명을 지르고
지나가는 자동차 바퀴에 신음하면서
하나 둘 바람에 날려간다.

문 앞에 쪼그리고 앉아있는
상처투성이 글자 하나

손바닥 위에 올려놓고 조용히 바라다보니
예전에 내가 버렸던 한글이 아니던가.

내 몸은 깊은 수렁을 건너고 있다.

집짓기

대청마루에 앉아
뽀얀 연기 내뿜으니
추녀 끝에 매달리고
벼룻길에서 불어오는 향기가
기둥을 때리니
대들보가 춤을 춘다.

툭툭
담뱃재 두드리고
잠자던 염불도 털어내며
흔들리는 기둥 끝에
조각난 문장으로 못질하여
하얀 원고지 위에
집 한 채를 짓는다.

낙서

밤사이 지반이 다져지고
중장비들의 요란한 소리에
뼈대가 생기고 살이 붙는다.

커튼 사이로 길 건너엔
희미한 불빛도 비치고
하얀 담도 생겨났다.

또 하룻밤이 지나니
담벼락엔 야릇한 그림이
눈길을 사로잡는다.

낙서
우리 글자인데
우리 소리는 보이지 않는다.

알 수 없는 글자와 문장들이
팔 다리가 떨어져
널브러지게 춤추고 있다.

토막 난 허리

다리에 통증이 온다
정강이를 타고
무르팍까지 차오는 통증
발가락 괴성이 허공으로 사라진다.

원고지 위 글자
지우개로 하나 둘 잘리고
남은 받침 아래엔 톱밥들이
또 하나의 산을 만들었다.

웅성웅성
뒤섞여 요동치는 위장 속에
잡동사니 쓰레기 문자가 넘쳐나고
소화 안 된 작문
목구멍으로 토해낸다.

나루터에서

삐걱삐걱
물 따라 흐르는 가슴에
마흔일곱의 강이 건너고 있다.

영혼도 바람도 없는
메마른 가슴에 돛을 올리고
한글을 삿대 삼아
거친 강바닥에 뛰어들었다.

자음과 모음이 부러지고
소리가 잘려 마른 강바닥에
내동댕이쳐진 글자를 주워
나룻배에 실어 강을 건너고 있다.

마흔일곱 가슴에 바람이 불어
까칠해진 손에 마른 땀이 흘러
거친 강바닥에 물이 차오르면

조각난 글자 맞추어 문장을 만들고
흩어져 날리는 토막 바람을 모아
강어귀 나루터에 작문 농사를 짓는다.

장마 1

가슴이 울렁이더니
하늘이 낮게 내려와 앉아
심하게 기침을 하면서
먹구름을 토해내고
깜깜한 어둠 속에서
불기둥까지 내뿜어
빈 가슴에
빗줄기를 토해내니
논 가운데에는 못물이 넘치고
어제 심어 놓은 원고지 위의 문장도
둥둥 떠다니고 있다.
농부의 발걸음이 바쁘다.
빗물이 나갈 길을 터 주어야겠다.

장마 2

발등 위로 떨어지는
빗방울을 바라보니
내 작문도 떨어져
빗물이 고여 있는
푹 패인 발자국을 지나
작은 개울가로 나가는 게 아닌가.

길 가장자리에
지렁이 한 마리
빗물에 미끄러지는 게 더 빠를 텐데
키를 재면서 기어가는데
길 한복판에
지정속도 준수 표지판이
버티고 서 있다.

눈이 아프다
눈이 아파 눈물이 떨어진다.
나의 문장도 동맥이 막혀서
통증과 눈물이 함께
아래로
아래로
힘없이 떨어지고 있다.

껌 1

오가는 수많은 발자국
발아래 짓이겨져
아무렇게나 뭉개져
만신창이 되어버린 껌

처음엔 하얬을 껌이
입에서 내뱉어지고 버려져
관심도 잃은 채
많은 발자국에 밟히고
본래 형체도 변하여
쓰레기로
애물단지로 버려진 껌처럼

갓난아이 때의 맑고 순수하고
오염되지 않았던 한글이
외래어가 몸 안에 들어오니
길거리에 뱉어진 껌처럼
알아볼 수도 없이 변형된 한글
알아들을 수도 없이 천덕꾸러기가 된 소리
그래도
아직 못 다 쓴 한글
못다 한 소리라도

곱게
원고지 위에 곱게 써 보자.

길바닥의 껌을 떼는
아주머니의 손이 무척 아파 보인다.

껌 2

우물우물
꿈속에서 우물우물
꿈에서 깨어난 지금도 우물우물
무언가 입에서 맴돌고 있는데
도무지 입 밖으로 나오질 않는다.

아무래도
거미줄에 하루살이 달라붙듯이
꽃봉오리의 꿀벌처럼
혓바닥만이 빙빙 도는 것이
소화할 수 없는 침이 가득 고인 게다.

우리 한글
우리 소리를 입안에서 맘대로
질겅질겅 되새김질하다가
단물이 다 빠져버린 껌처럼
아무렇게나 뱉어져
길바닥에 나뒹굴고
우리는 또
껌을 씹듯이
입안에서 한글을
우물우물 씹고 있다.

허기 1

계곡의 발그레한 미소
졸졸졸
흐르는 소리는
초록의 발자국을 부르고
연록의 바람이 춤추는 소리
산등성이를 밀고
또 밀고
산꼭대기를 향하여 밀고 오르니
붉게 익어가는 가슴이
허기진 마른 배를 부르고 있다.

아기 구름
살며시 걸터앉아 있는 산허리에
노을에 취하여
노을 자국을 밟고
서서히 내리누르는 석양에
땅거미 떨어져 포동포동 살찌우는 마당 한쪽에선
몸도 가누지 못하면서
마른 배를 움켜쥐고
떨그럭거리는 그림자 속으로 길게 포개어
몸부림을 친다.

허기 2

달그락
텅 빈 밥사발을 붙들고
숟가락만 휘젓고 있다.

이런 아들 녀석을
어머니는 애써 외면한다.
뒤주 속엔 이미
우리의 양식이 떨어졌다.

까치발 디디며
뒤주 속을 아무리 긁어도
바구미 몇 마리만이 활개치고
남아있는 쌀 알갱이도
꼬리가 잘리고
하얀 원고지 위 문장도
몸통이 반 토막 되어
싸라기가 되었다.

밥상 아래
툭
떨어진 밥 한 톨
주우려고 고개 숙이니

고양이 녀석이 날름 채 간다.

뒤돌아 앉아
원고지 위에 새로 밥을 짓는다.

뻐꾸기는 둥지가 없다

별빛이 내려오고
홍등가에 어둠의 불을 켜면
붉은 그림자가 날아간다.

손가락 끝에 휘청거리는 소리
추녀 끝에 매달려 아우성이고
바람난 글자
유리창을 때리며 울어댄다.

담벼락에 기대고 서서
허리춤 추스르고 고개를 드니
스물여섯 개의 눈동자가
입을 쩍 벌리고 서 있다.

어느 순간 우리 곁에 앉아
밤의 꽃으로 춤을 추고
이젠
아예 자리를 깔고 누웠다.

3
새벽이
흐르는 샛강

흩어진 소리
기어들어가는 귓속말
내 작문이 부딪히고 멍들고 찢어져
아래로
아래로 흘러가고
새파란 얼굴이
새파랗게 얼굴을 때린다

나무 자전거 · · · · · ·

소리 없는 소리

숲속 깊은 오솔길을 따라 올라가니
옹달샘 한쪽에서 내 목소리가 도망간다.
잡으려고 물 한 바가지 퍼내도
옹달샘은 물 울음 파장만을 남기고
소리를 움켜쥔 채 바위틈으로 숨는다.

우거진 초록 잎 사이로 숨어드는 햇빛에
짙어진 미소 하나 풀어놓고
긴 한숨 들이키니
하얀 나비, 무지개 하나 떨치고
소리 없는 소리를 안고
하늘 꼭대기로 날아오르고
바위에 앉아 가만히 바라보니
나무들의 숨소리가 들리고
바위틈에 빠끔히 눈 내미는
토끼의 귀 세우는 소리도 들린다.
햇빛 소리 울리는 바위 한쪽에
내 목소리도 놔두고 가야겠다.

새벽이 흐르는 샛강

가끔
하얀 별빛 꼬리를 늘이고
작은 내를 흐르는 물빛 비치는 조각달에
뛰어오르는 피라미들이 애절하다.

어둠 속을 헤매다가
겨우
눈을 비비고 나오는 새벽안개
샛강을 향해 줄달음질하고
그 줄달음에 한 걸음 내디디면
길섶에 여민 칡넝쿨 똬리를 틀고 앉아
맑은 이슬방울로 목을 축이고
강바닥에 뿌리 내린 검은 돌
하얀 물빛의 가랑이를 찢어 놓고
숲속의 새 소리를 찢어놓고
산꼭대기 메아리를 찢어놓고
동강난 내 문장을 찢어놓고
토막 난 내 짧은 단어도 찢어놓고
내 숨소리마저 찢어놓고서
물끄러미 바라다본다.

묻힌 얘기

흩어진 소리
기어들어가는 귓속말
내 작문이 부딪히고 멍들고 찢어져
아래로
아래로 흘러가고
새파란 얼굴이
새파랗게 얼굴을 때린다.

원고지 위에 농사를 짓는다

오늘도 농사를 짓는다
글자 몇 됫박을 얻기 위해
한 뼘도 안 되는 문장의 매듭을 묶고
한 줄도 안 되는 문장의 매듭을 풀고
한 배미도 안 되는 못자리에
써레질을 하고
한 움큼에 단어를 심는다.

한 장의 원고지 위에
쟁기질도 하고
곡괭이로 이랑도 만들고
개울가 둑도 만들어
목마른 들판과 도래 밭에
가끔은 수문도 열어 준다.

또
씨앗에도
파릇한 풀 잎사귀에도
목이 마른 몽당연필도
갈증으로 애타는 원고지 위의
나의 문장에도
가슴 시원한 물줄기를 뿌려주고

몇 됫박의 글자를 얻기 위해
나는
오늘도 농사를 짓는다.

방죽을 걸으며

아기 구름 몇 송이 떠도는 청명한 하늘
아침 이슬 맺힌 풀잎을 헤치며
논둑길을 걸으니
새들도 둥지를 틀고
들판에 풀
키 크는 소리도 들리는데
내 곳간의 양식은 좀처럼 채워지지 않는다.

넓은 못자리에 줄을 맞추어
간난 벼 포기가 자리를 잡고
도랑 옆 방죽 논에도
어린모가 가지런히 채워지는데
내 머리는 텅 비고
원고지 위에는 아직도
한 줄의 문장도 없이
날카로운 연필심만
뒹굴뒹굴 구르고 있다.

어머니는 계절의 흐름 속에
구슬땀을 흘리며
맨땅 위에 농사도 짓고
자식 농사도 잘 짓는데

객지로 간 자식은
글이나 쓴답시고
손에는 흙 한번 묻히지 않고
하얀 구두에 먼지라도 묻을까
내심 거드름을 피우지만
머릿속에는 양식이 떨어져
겨드랑이 안으로 파고드는 바람에
몸이 점점 쇠약해진다.

한글

그대는
어둠 속에서 빛을 주시고
사물을 관찰할 수 있게 눈을 주시고
걷지 못하는 이에게 다리를 주시고
인생의 삶을 터득할 수 있게 길을 내어 주시고
한 나라를 지탱할 수 있도록
민족성을 깨우쳐 주셨습니다.

그러나
미천한 인간이기에
그대의 고마움을 잊은 채
그대를 뛰어넘으려고
자갈길을 맨발로 걸어도 보고
물길을 내려가 보기도 하고
어두운 동굴도 들어가 보았지만
남은 건 상처뿐.

되돌아와서 그대 앞에 다시 앉아
그대를 부르고 있습니다.
무엇보다 고귀하고
무엇보다 아름답고
여느 꽃보다 향기로운 그대를 사랑하며

더욱더 사랑할 것을
텅 빈 원고지 위에 꾹꾹 채워 가면서
그대를 부릅니다.
곱게곱게.

뒷골목에서

비가 오려는지
어깨가 쑤시고
하늘이 내려앉아
제비들의 저공 폭격이 시작될 시간
벽에 걸린 간판에
하나 둘 불이 켜지고
뜻 모를 글자들이
배시시 웃고 있는 골목어귀로
채 익지 않은 소리를 안고 들어가
자리를 잡을 심상으로
이리저리 기웃거리니
현란한 불빛이 찢어지는 사이로
구름 뜬 막걸리 사발
하늘을 향해 괴성을 지르고
줄에 묶인 똥개
밥그릇 비었다고 짖어댄다.

귀가 찢어질 듯한 고성이 오가면서
우리의 훈민정음이
술에 취해 휘청거리는 주정꾼에게
육두문자로 내뱉어져
뒷골목을 누비고

발발이는
제 꼬리 그림자 물고 진저리를 친다.

강촌의 풍경 속으로 1

어스름한 저녁
노을이 커지는 소리에
휘청거리는 그림자 밟으며
점점 늪을 향해 빠져드는데
어둠을 부르는 붉은 조명이
벌어진 다리 사이로 유혹하고
별빛 흐르는 소리에
누워있는 강가의 돌멩이를 깨워
굴러가는 물방울
두 다리 번쩍 들고 쫓아가는 가재 곁에서
빠끔히 내미는 달빛 낚시를 드리우니
송사리가 날름 자리 잡고 앉아서
조각조각
육자배기를 흥얼댄다.

강촌의 풍경 속으로 2

밤새 등 두드리던 물살의 외침에
하얀 꽃망울이 연분홍 향기 품에
포근히 입맞춤하는 강촌 어귀
능선 따라 밤꽃이 흘러내리고
계곡 속으로 부서지는 햇살에
울려 퍼지는 산새들의 소리를 붙잡고
아스라이 물안개 피어오르면
때 묻지 않은 계류에
발그레한 미소를 품에 안는다.

홀연히 떠가는 문언들의 아쉬움을
어부의 토막 난 타령에
마음 한 방울 마시고
물살에 찢긴 문장과
낡은 몽당연필을 들쳐 메고
안개 속 원고지 위를 걸어 다닌다.

식목일

나무를 심는다
텅 빈 원고지 위에 구덩이를 파서
자음도 심고
모음도 심어
거름을 주고 물도 준다.

입안이 부르트고
눈꺼풀에 짓눌려도
따스한 보리차 한잔에
하품을 달래며
원고지 위에
나무를 심는다.

원고지 위에
새순이 나고 꽃이 피면
소리라는 열매가 가슴을 채울 것이니
오늘도
텅 빈 원고지 위에
스물네 그루의 나무를 심는다.

옹달샘의 미소를 찾아

빈 가슴 하나
옆구리에 끼고
아지랑이 불길 속을 헤치며
산등성이 향해 올라간다.
옹달샘의 흐르는 소리를 채우러.

없다
보이지가 않는다
조롱박은 어디 가고
또 샘물은 어디로 간 걸까
옹달샘의 고운 미소 흐르는 소리는
땅속에 박힌
쇠 파이프 하나에
작은 꼭지 하나 달랑
돌리니 소리가 요란하다.

빈 가슴은
또 다른 약수터 찾아
옹달샘 미소의 파장을 찾아
우리의 고운 언어
옹달샘 소리를 채우기 위해
흙투성이 심장을 손에 들고
봄바람 앞세워 발길을 재촉한다.

유리창에 걸린 소리

지난밤 내내 진통 속에
별이 지나가는 소리도 듣고
달빛 키 크는 소리도 들으며
하얀 백지에
꽃 피우고 열매를 맺어
창문에 걸어 두었다.

밤새
졸음을 쫓아가며
물도 주고 거름도 주면서
글자가 제멋대로 춤추고
원고지 위를 굴러다녔어도
투닥투닥
때려 맞추어서 소리로 만들어
창문에 걸어 두었다.

커튼 사이로
빠끔히 내미는 소리에
창문을 열어 주니
유리창에 걸려있는 소리
부서지는 아침 햇살을 물고
하늘 끝으로 날아오른다.

여름 발자국

툭툭
여름 발자국 위에
굵은 빗줄기가 떨어져
상처 난 가슴을 때린다.

밀려오는 구름아래
술 취해 비틀거리며 매달린 소리
바람에 찢기고 꼬리가 잘린 채
모니터 속 발자국이 뒹굴고 있다.

뒤엉킨 글자
춤추는 문장들에
머릿속이 하얗게 출렁거리고
생각에 생각을 만들고
생각을 낳는다.

햇살 부서지는 아침
발자국 위에
발자국을 포개니
유리창에 매달린 소리
원고지 위에 떨어져 울고 있다.

강아지 발에 밟히다

내를 건너고
돌다리를 건너서
뒤엉킨 글씨를
보따리에 싸서
가파른 언덕배기를 내려간다.

가느다란 햇살에
그림자 하나 내밀고
옹달샘에 앉아서
소리 한 모금 마시며
뒤섞인 문장
너럭바위 위에 내놓으니
종달새는 소리를 물고 날아가고
허리 부러진 글자
나비 날개 위에 쓰러지고
개미는 그림자 물고 땅속으로 들어간다.

주섬주섬 주워 담아
문장이라고 맞추어 내놓으니
마른 강 바닥에 물고기 노는 꼴
이빨 빠진 도끼날이라니
뒷골목에 들어가

문짝에 매달린 소리 잡아
바닥에 내려놓으니
뉘 집 강아지인가
내 소리를 밟고 서 있다.

제비

수평선 허리춤에서
꾸부정한 낮달을 잡아
비린내 하나를 그림자에 묶어서
하얀 원고지 위에 올려놓는다.

휘청거리는 거친 지팡이로
발아래 바위를 흔들어
소라 껍데기에 숨어드는 소리를 깨워서
한 움큼 움켜쥐어
파도 위를 걸어서
하얀 백사장에 펼쳐놓고
아무것도 없는 마당 한가운데
혼탁한 머릿속에
이리저리 뒤섞여 있는 단어들을 골라
까만 흑심에 침 발라가면서
툭툭
하나 둘 짜 맞추어
한 음절, 한 음절 소리로 만들어
교회당 옆 은행나무에 매달아 놓고
마당 한 귀퉁이에 앉아
조용히 독백을 한다.

허공을 가르는 제비가
내 소리를 낚아채 날아간다.

하늘 끝소리

밤새도록 등 떠미는
유성들의 외침 속에
능선 따라 흘러내리는 골짜기
소리를 내놓고 붉게 물들었다.

구름 끝에 매달린 절벽
무언가 내려올 듯
숨소리도 잠들고
메마른 삭정이 꺾이듯이
무르팍이 파랗게 시려오고
계곡 아래 흐르는 웃음 속에
내 소리라도 숨겨 놓을까
실핏줄 같은 햇빛을 따라
붉은 양탄자 위 꽃망울 떨어져
하얗게 구르는 발자국
조각조각 흩어진 문장들
가느다란 실핏줄에 꿰여
바지랑대 치켜세운 바람과 같이
하늘 끝에 소리로 매달린다.

얼룩진 소리

온기도 사라진 움막
가느다란 별빛 내리는
가파른 언덕배기에
얼룩진 목소리 하나가 떨어진다.

달빛에 휘청거리는 지팡이
외로운 등잔불 흔들 때마다
설움에 그을린 방바닥은 요동을 치는데
어쩌다
지나가는 자동차 불빛에 부딪힌 소리는
키 재기를 하고
얼룩진 목소리는
한 평 남짓한 냉기 위에 눕는다.

오금이 저려온다.

천은사 여승

뎅그렁
뎅그렁
토막 난 바람 사이로
계곡 깊은 곳
천은사의 은은한 종소리
아침을 부르면
깔끔한 도승 한 분
두 손을 합장을 하고 걸어 나온다.

넓은 뜰에 빗질을 하면서
밤새 쌓였던 억겁을 쓸어내고 있다.
밤새 앙가슴에 맺혔던 한을 쓸어내면서
밤새 가슴으로 맞이했던 사랑을 쓸어낸다.
마음을 정갈하게 구석구석을 쓸어낸다.

가파른 언덕을 계단으로 쌓아 올린 밭두렁
갓 푸른 채소를 손질하는
주름진 여승의 향기는
산새 울음소리도 멈추고
세상의 한을 달랜다.
문명의 세계를 툭툭 털어 버린다.

까맣게 그을린 아궁이에
감자 몇 알갱이 구워
뒤꼍에서 꺼내온
나박김치 한 조각 베어 문다.
세상을 한입에 넣어
문명의 시름을 자르듯이 싹둑 베어 문다.

천은사 줄기는 오늘도
여승의 못다 한 사랑을 붙들고
차가운 얼음장을 깨고 나와
섬진강을 향해 천천히 흐른다.
뎅그렁
뎅그렁

적(跡)

숨을 몰아쉰다
길고 험난한 발자국을 그려 왔기에
이젠
숨이 턱까지 차 올라와
뜨거운 입김을 내뱉으며 긴 숨을 몰아쉰다.

그래도
간간이 불어주는 해풍이 고맙기도 하다.
파도에 떠 밀려오는 해풍은
근해의 비릿한 향수를 등에 지고
소맷귀를 지나
팔꿈치 안으로
품안으로 달려들어
삭정이로 근근이 버티고 있는 심장을
요동치게 하니
또 하나의 다리를 만들어 일어서려고 한다.
또 하나의 돛을 만들어 높이 올리려 한다.
아니다
아예 심장 하나를 새것으로 바꾼다.

몸이 말을 듣지 않네.
몸뚱이가 말을 듣지를 않네.

살점이 푹 패이고
앙상한 뼈는 뒤틀리고 꺾어져 있고
몸은 여기저기 상처투성이
문명에 등 떠밀려 너무도 오랫동안
주저앉아 있었더니
몸뚱이조차 늪 속에 묻혀
점점 도태되어간다.
점점 숨이 거칠어진다.
숨소리가 얇아진다.

파도에 밀려오는 근해의 은빛 비늘을
하나 둘, 곁에 쌓아가면서
긴 호흡을 한다.
푸른 바다를 바라보며
기나긴 숨을 고른다.
조용하다.

태안반도 효자리의 향기

촤르르르
황금빛 모래밭

하얗게 널린 지의(地衣) 껍질
수채화처럼 곱게 펼쳐진 해변
파란 하늘이 바다 위로 내려앉아
수면 끝에서 밀어를 속삭이고
쌓아도 쌓아도
끝이 없는 사랑의 흔적
파도가 머물다 간 자리엔
겹겹이 쌓아올린 하얀 가슴
파도의 속삭임이 잔잔하다.

갈매기 날개 품에 실려 오는 사랑은
어느 누가 볼까
살짝 입맞춤을 하고
수면 끝에서 물꽃 향기로
곱게 피어오르네.

어둠이 깨기 전에
하얗게 수놓은 밀어들의 향기
임의 가슴 따라 흐르고

하늘이 내려앉은 바다 위에는
물결 따라 흰 구름이
둥실둥실
파도를 베고 누워있다.

회한

간밤에 무슨 일이 있었는지
몹시도 초췌한 모습으로
꿈속에서 걸어 나온다.

게슴츠레한 눈은 아직도 꿈속에 머물고
욕실로 들어가는 발걸음은
한없이 무겁기만 한데
이를 먼저 닦을 것인가.
고양이 세수로 잠을 깨울 것인가.

수도꼭지에서
똑똑 떨어지는 물소리
나의 수명이 떨어지고
변기에 앉아 흰 연기를 내뿜으니
내 생명이 하늘로 올라가고 있다.

4
연서리꽃

짧은 순간의 빛이 비추어지면서
온몸을 태우며 사라지는
누구도 만질 수 없고
사랑할 수 없는
나는
연서리꽃

나무 자전거 • • • • • •

연서리꽃

선들바람에도 한없는 눈물 흘리고
손끝만 스쳐도 사르르 떨며
먼동이 터 오기만을 짧은 목 길게 흔들면서
어둡고 외로운 먼 길을 울음 삼키며
순간의 잉태를 위해 산고의 고통도 참아 왔어요.

꽃 피고 새가 우는 계절에는 볼 수 없기에
싸늘하고 추운 이 계절에 잠시나마
임의 빈 가슴을 태우려 합니다.

동녘에 밝은 사랑이 비치는 순간
오색영롱한 모습
하지만
따뜻하지도
포근하지도 않고
향기도 없지요.

짧은 순간의 빛이 비추어지면서
온몸을 태우며 사라지는
누구도 만질 수 없고
사랑할 수 없는
나는
연서리꽃.

꿈

올리세
돛을 올리세
하늘 끝닿을 때까지
멈추지 말고 올리세
바람이 불어오네.
이 바람 타고
어여가세
저 섶 바위 넘어가면
은빛 가득한 멸치 떼가 노니네.
무지갯빛 한가득 꽃 편지를 안고
사랑이 기다리고 있네.

어여가세
어기여차
노를 저어 가세.
푸른 파도 헤치며
앞으로 나아가세.
머리카락 끝에 맺힌 땀방울은
간간이 불어주는 해풍에 말리고
저녁노을이 깨기 전에
흰 구름을 좌표 삼아
어여가세

이제 가면 언제 돌아올지 알 수는 없지만
멈추지 말고
돛을 올리고
노를 저어 가세.
사랑이 기다리고 있는
우리의 안식처가 있는
푸른 수평선 위의 한 점으로
가슴속의 한 점으로
사랑의 한 점으로
한 점으로.

가을

손끝
마디마다 스치는 애련함
고운 물방울
춤사위에 넋을 빼앗기고
단풍잎 하나 주워
임의 모습 담아
살며시 강물에 띄워 봅니다.

꽃비 내리는 이 밤
그대 오시는 길 밝히려
사랑을 들고 마중 나가요.
그대
외로울까 봐 고운 향기 벗하여
이 밤 마주하여
하얗게 수놓으며
귀뚜라미 울음소리에
짙어가는 가을 저녁
서쪽 새의 애절한 울음.

적막한 밤하늘
아른아른 하얀 꽃잎
스치는 바람인 듯

그대의 속삭임
흐르는 사랑에 다가오는
그대
농 짙은 사랑에
그대의 고운 숨결
두 손으로
곱게곱게 풀어헤치어
이 밤
사랑으로 하얗게 수놓아요.

하늘로 오르는 소리

파란 바람 너울대는 벌판에
소리 몇 번 던지니
하얀 포말을 그리며 메아리로 돌아오고
푸른 날에 얼룩 뺨 고양이
뒤란 장독대에 올라앉아 졸고
개울가 물방울 울음소리는
힘없이
아래로 떨어져
바다로 나가고 있다.

500년도 더 살아온 집 앞에 고목은
세월의 발자국에 주름진 파도 사이로
덕지덕지 때가 찌들고
지나온 시간 속에서
꽃도 피우고 씨앗도 뿌렸건마는
어찌하여 손끝에서 떠나질 않아
점점 기력도 쇠약해지니
둥지 튼 까치 울음소리마저
점점 멀어지는구나.

사랑 이슬

흐르는 세월이 물인 양
정초한 나뭇가지 사이에
사랑을 매달아 놓고
무심한 돌 가지랑이 사이에
추억을 숨겨둔 채

나 오늘도
한걸음에 달려왔습니다.
그대를 품에 안으려고
실바람 타고 흩날리는 그대.
채 어둠에서 눈 뜨지 않은
나팔꽃 미소에 입맞춤하는 그대
도르르도르르 구르는 사랑에
움푹 패인 숯 가슴을 안고
나 오늘도
한걸음에 달려 왔습니다.
그대를 품에 안으려고.

나무 자전거

하늘에 거친 파도
파랑새에 쓰러지고
하얀 솔 나비 사랑노래 할 즈음
가냘프고 여린 고목 다듬어 몸체 만들고
장미 넝쿨로 두 바퀴 만들고
프리지아 향으로 손잡이 만들고
그대를 위해
해바라기 우산도 만들었네요.

예쁜 꽃 페달은 밟을 수 없어
벌, 나비
소리 없는 날개에 의지하고
저 멀리 수평선 노을 위에
외로이 서 있는 임
순간순간을 이슬방울로 달래며
지새우는 임

하얀 얼굴 검게 그을리고
싸한 눈물 잔을 들고 있는 그대
그대 눈물 잔에 사랑 한 방울로 채우기 위해
추억을 뒤로하고
공간을 초월하고 있어요.

이 안개꽃 사그라지기 전에
하얀 날개 노래하는 순간까지
임에게 갈 수 있을까?
나는
나무 자전거.

잃어버린 우산

아기 달
아직 서산마루에 걸려있는
어스름한 안개 속 이른 새벽
밤새 침대 위에서 뒤척이는 심신
횡–한 가슴에 소중함이 가고 없네요.

바스락거리며 내리는 안개비 사이로
허기진 영혼은 산란에 몸부림치는 연어처럼
기나긴 폭포를 거슬러 오르는데
내 속에 자리했던 임은 보이지 않네요.

가야 할 길 아직도 먼데
늘 함께했던 내 안의 그림자
그대는 늘 메초롬하였기에
그대를 바라보는 나는 행복했었는데
기나긴 어둠의 터널을 지나고 보니
가을, 찬 안개비 사이로 살랑이는 갈대 잎에
그대의 눈물 자국만 남아있네요.

붉게 익어가는 가을 단풍잎 위로
하나 둘 떨어지는 빗방울에
나의 뜨거운 심장, 그대 사랑 식을까 봐
한동안 잃어버렸던 포근한 우산을 꺼내봅니다.

칠월칠석날에

만석 지기
뒤란 추녀 아래에
논 갈고 밭이랑 고르던
쟁기랑 당그래
손때 묻고 땀 흘렸던 호미, 멍에
오늘은 맑은 개울물에 땀 식혀
뜰 안에 나란히 누워있다.

앞마당 화덕 속을
혼쭐나게 드나드는 부지깽이의 춤사위에
까만 솥뚜껑 위에 맛깔스런 누름적 한 뼘
덩달아 맞장구치는데
소매 끝이 까맣게 땀에 젖은 베적삼
휘이, 도랑물에 흔들어
바지랑대에 치켜서 너울대니
어죽한 막걸리 한 사발에
심신 고달프던 시적이 나른한지라
빗살 섬밀한 섭문 창호지는
여염집 곱뿐이 손끝에 무참히 구멍 나고
빠끔히 쏟아지는 한 줄기 빛은
사랑에 목마른 꽃 가슴에
불을 지르고 있다.

나비야

나비야
어디로 가려 하느냐.
바다의 깊이는
무한정 깊고
바다의 마음은 끝이 없다.

파도 또한
집채처럼 높다
나비야
여린 날개 물에 젖을라.

나비야
어디로 가려 하느냐.
꽃 이파리처럼 너는
너무도 가벼워서 서럽구나.

나비야
파란 바다 위의 나비야
고운 향기 찾아 떠나는
나비야.

4월의 이른아침

임 사랑에 취해
긴긴밤 옷매무새 여미 울 새 없이
풀어헤친 긴 머리처럼
그대 사랑 맑은 호수에 풀어놓으니
사르르 그대사랑
물 위에 피어나는가.

곱게 단장하고
새벽길 오시는 임이여
호수 저편 끝에서 오시는가.

살랑살랑 그대
고운 치마 날리우며 오시는 발걸음에
적막을 깨우는 산새 소리도
사랑으로 피어난다.

슬픈 사랑

이별이 아프면 눈물로 달래고
눈물이 아프면 사랑으로 달래고
사랑이 아프면 추억으로 달래고
추억마저 아프면 나의 마음을 사랑해 주어요.
앞이 보이지 않으면 지팡이 벗 삼아 더듬더듬
다리가 아프면 기어가고
기어가다 팔이 아프면 굴러 가렵니다.

하늘도 울고 땅도 울고
이 마음 깊은 곳도 울고
이제는 눈물조차 나올 길 없어
아픈 가슴 감싸며 마른 침만 삼켜요.
타들어 가는 입술 목마른 사랑
날아가는 파랑새의 울부짖음
내 모든 거 다 바쳐 그대를 감싸 안으려니
그대 아픈 가슴 바람에 실어 조용히 떠나보내요.

이 몸 저 하늘 끝자락
한 알의 먼지가 된다 해도
사랑하는 당신을 위해 화려한 날개 접고
조용히, 아주 조용히
그대의 뜨거운 가슴 속

그대의 심장 속에
나의 영혼을 묻으렵니다.

휴일 그 어느 날

코끝을 간질이는
휴일 한복판
한가로운 시간을 뒤로하고
주섬주섬 낚시 가방을 챙긴다.

붕어를 낚으려나
세월을 낚으려나
저수지 한가운데 드리우니
등뒤 숲이 놀랐나 보다.

은은한 아카시아 향 물 밀듯 밀려와
메말랐던 나의 모세 혈관 속
에움길 따라 휘저으니
꽃향기 맴도는 바람 따라
아카시아 향기
한 잔
두 잔
들이키고 있다.

버들강아지

양지 막 개울가
돌담에 자리를 잡아
송사리, 가재의
술래잡기를 무심히 바라보며
졸졸졸 굴러가는
물방울 소리를 들으며
산들바람에 미소지으며
쫄랑쫄랑
개구쟁이 두 손에 검정 고무신 들고
살며시
그대 옆에 엎드리고
저 멀리서
들려오는 꽃바람에
그윽한 그대 향기를 보면서
따스한 봄 햇살을 맞는다.

둥지

곱고 맑은 아침 이슬처럼
환한 미소를 지닌 그대
그 무엇이 당신보다 예쁠까요.
하지만
이 작은 추위에 얼어버렸네요.
사랑도 미움도 모두 얼어버렸네요.
마음이 멈추었나요.
환한 미소 펼치어 날아서 오시려는가요.
언제나 사랑하는 그대
따스한 손길
사랑의 둥지

돌 섬

파도도 잠자는 고요한 겨울 바다
덩그러니 서 있는 보잘것없는 자그마한 돌 섬
그리움을 쌓아 올리려 해도
험한 폭풍이 다가와 모두 담아가고
울퉁불퉁 상처만 남아있다.

두 날개 접은 괭이갈매기
흐르는 바람 속에 웃음 짓는 물결
고운 살결 쓰다듬으며 눈을 감는다.

사랑의 향기 담아 두 손 꼭 잡고
외로운 바위 섬 위 갈매기 날개 아래
흐르는 그림을 그리며
사랑으로 눈을 감는다.

하나의 심장이 된 지금

하얗게 다가왔어요.
멍들어 밟힌
기나긴 백사장에 푸른 바다가
파도가 되어
하얗게 내게 다가왔어요.

멍든 발자국 모두 지우며
곱게곱게 속삭입니다.
나를 사랑한다고
내 반쪽 심장에 철썩철썩
그대 반쪽 심장을 갖고
내게 왔어요.

보글보글 고운 소리
미처 메우지 못한
작은 상처까지
치유해주는 아름다운 소리
휘연 가슴에도 꽃은 피는가요.

그대 사랑
내 가슴에 담아
깊이깊이 간직하렵니다.

멀고도 긴
바다와 육지라 할지라도
이렇게
고운 만남이 꽃 피울 수 있게
그대를
포근하게 안으렵니다.
완연한
하나의 심장이 된 지금.

서리꽃

새벽 찬 바람
새하얀 꽃으로 단장한 그대
기나긴 세월
그대의 다정한 임은
찬바람에 얼어
바위틈 사이 하얀 포자가 되어
힘겨운 사랑에 목메어 웁니다.

오늘도 그대의 사랑은
보이지 않는 화폭에 수를 놓으면서
그대를 향해 손짓하는데
무심하게 떠오르는 햇살에
고운 옷깃 벗기어져
슬픈 이슬방울 되어
임의 얼굴을 감싸네요.

여울목

수많은 사연을 보듬은 그대
사랑과 고운 사연의 소리 기억하며
미움의 조각은
낙엽 조각배에 띄워 보내고
이제는 사랑과 행복의 사연과 함께
조용히 쉬고 있는 그대
작은 개울가 여울목
메마른 가슴에
맑고 향기로움을 채워준 그대
사랑스런 그대 품속에
물결이 잠을 자고 있네요.

내 고향 7월은

내 고향 7월은,
파란 바다가 포동포동 살이 쪄요.
물 아래에선 숭어의 은빛 비늘이 크고
작은 조개는 통통하게 살이 찌고
갯바위 아래에 소라도 살이 차고
백사장 파도도 살이 쪄서 소리가 커요.

내 고향 7월은
음악 합주곡으로 웅장해요.
동구 밖 신작로에 풀 키 크는 소리
개울가의 버들피리소리
언덕 위의 오동나무에 매달린 매미소리
보리밭의 종달새 사랑 나누는 소리
방죽 논둑에서는 뜸부기 울음소리가
음악으로 아름답게 어우러져요.

내 고향 7월은
먹을거리로 풍성해요.
뒤꼍엔 여인의 입술처럼
빨갛게 앵두가 익어가고
앞마당엔 살구가 탐스럽게 익고
살구나무 옆에는 복숭아가 익어가고

도래 밭에서는 둥근 달처럼 수박이 크고
하우스 안에는 노란 참외가 군침을 부르고
뒤란 장독대 옆 언덕엔 빨갛게
딸기가 활짝 웃어요.

별이 지는 골목에

밤새도록 주워 먹던 녀석이
날이 새니 꾸역꾸역 토해내고 있다.
어지간히도 먹었던지
자리도 못 잡은 토막 난 글자들이
갈팡질팡
똑바로 서지도 못한다.
어느 놈은 소리가 되어
허공으로 날아가고
어느 놈은 잔디밭에 길게 뻗는다.

한글, 영어, 한문 등
알 수 없는 외계어들이 뒤엉켜
한 통속에 들어가
울긋불긋한 조명 속에서
얼마나 흔들었는지.
아침 해가 머리 위를 지나가는데
문 앞에 고꾸라진 단어 쪼가리는
술에 취해 인사불성이다.

소리 없는 전쟁

소리 없는 눈썹이
세상을 짓누른다.
조금 내렸을 뿐인데
어둠 속 동굴로 떨어져
암흑에 매달려 있다.

황량하게 얼어붙은 들녘엔
집 없는 기러기 배고픔을 움켜쥐고
거친 논바닥에 흐트러진
발자국에
발자국을 찍고
구름 아래엔 솔개가 선회하고
여의도엔 육두문자 남발하는 사이
허리춤은 남모르는 손끝에 잡혀
구렁텅이로 내동댕이 처지고 있을 즈음
오늘도 우리의 뒷길엔
왜적선 꽃들로 가득하여
보이지 않는 전쟁을 치르며
동쪽 바다 끝에서는
승냥이 한 마리가
하얀 이빨을 번뜩이고 있다.

하얀 전쟁

춤을 춘다
부드럽게 우아하게 춤을 춘다
하얗게 춤추는 날에는 까치발 바동바동
선반 위의 달콤함이 동심을 부른다.

숨을 쉰다.
나풀나풀 밤새도록 숨을 쉰다.
다락장지 문지방을 오르면서도
서까래마저 안으며 거칠게 숨을 쉰다.

살아있다.
춤추는 눈은 살아있다.
하늘의 조화로다.
0.0001그램의 하얀 꽃에 무기력해진다.

흰 폭탄
하얀 백색의 전쟁터
온 생명체를 감싸 안은 소리 없는 무기
천공이 매섭게 변하여 쉼 없이 내린다.

돌아서 오는 길
등뒤에서는 따뜻한 물이 흐른다.